어머니

b판시선 73

이동순 시집

어머니

도서출판 b

| 시인의 말 |

내 평생의 화두였던 어머니

세상에서 가장 결핍을 느낀 것은 '어머니'란 세 글자였다. 어머니 돌아가실 때 나는 불과 10개월이었다. 어머니는 마지막 유언에서 윗목의 저 어린것은 전혀 걱정하지 않는다고 하셨다. 왜냐하면 곧 당신을 따라올 것으로 여겼기 때문이다. 그러한 아기가 자라서 한세상을 살았다. 지난 세월 가만히 돌이켜 보노라니 어머니 안 계신 삶은 텅 빈 공황이었다. 먹어도 허기는 여전하고, 그 어떤 것에도 언제나 궁핍과 결손이었다. 그 가혹한 고통 속에서 나는 시인이 되었다. 어쩌면 어머니가 나를 시인의 길로 이끌어주셨으리라. 어머니는 내 평생의 화두요 천형天刑이었다. 청소년 시절엔 일찍 떠난 당신을 원망도 했지만 자라면서 그것이 얼마나 부질없는가를 깨달았다. 어머니는 그렇게 홀연히 떠나셨지만 아주 떠나시지 않고 내내 아들 곁에 머물러 계신다. 내가 쓴 시 작품의 그 어디에도 어머니가 묻어 있지 않은 곳이 없다. 오래전부터 어머니 테마로만 썼던 시 작품을 따로 모아서 한 권의 시집으로 엮어보려는 생각을 품었다. 그 결행을 오늘 하는 것이다.

2025년 4월

이 동 순

| 차 례 |

제2부

제3부

제4부

제1부

엄마 생각

엄마는 거기서
나를 아주 잊으셨나
밤마다 꿈에도 안 오시고

엄마는 거기서
내가 안 보고 싶나 봐
이 아들은 그토록 기다리는데

엄마는 거기서
내 생각날 때 어찌 사노
난 엄마가 그리워 죽을 것 같은데

맞아 엄마는
내가 보기 싫었던가 봐
무덤 속에 뼈조차 하나 없던 걸 보면

피란길

왜 하필 그때
내가 엄마 뱃속에 들었을까
전쟁은 붉게 장미처럼 달아오르는데

침략군이 내일모레면
마을로 파도처럼 밀려온다는데
모두 피란길 떠났는데

엄마는 만삭이라
먼 길 못 떠나고 그 여름 삼십 리 길
걷고 걸어 산지기 집에 가셨지

누나들이 좌우에서
겨드랑 끼고 부축 걸음으로 비틀비틀
겨우 오른 높은 산

그 엄마 뱃속에
내가 들어서 엄마 힘들게 했지

나 아니라면 쉽게 오를 산

바보

당신과 나는
어떤 인연으로 났기에
이토록 일찍 헤어지고 말았나요

나 태어나고
불과 열 달 만에 서둘러 가셨지요
그때 심정이 어떠셨을까

난 조금이라도 당신과의 시간 늘려보려고
배 속의 열 달 배 밖에서 열 달
사람들에게 늘 이렇게 말한답니다

열 달이나 스무 달이나
그게 그거지만 나에겐 대단하지요
내가 엄마랑 함께 지냈던 시간이니까

엄마 떠나신 지 수십 년
나는 지금도 엄마 생각만 합니다

바보도 이런 바보가 없습니다

엄마 투정

어머니에게서 태어났지만
나는 엄마 젖을 빨아보지 못했습니다

나를 낳고 줄곧 몸이 아파
나는 엄마 품에 안겨보지도 못했습니다

사진도 한 장 남기지 않아서
엄마 얼굴조차 모릅니다

목소리 기억도 없지만
나를 부르는 엄마 목소리가 궁금합니다

이러니 나는 이날까지
엄마 투정만 부리며 살았습니다

엄마는 나의 갈증
나의 고향 내 영원한 그리움

아명兒名

나에겐
이름이 여럿 있지
왜 그리도 이름이 많았을까

전쟁 나던 해
삼악산 나실 산골로 피란 가서
태어났다고 나출이

그해가 경인년
몹시도 무덥던 여름
호랑이해에 났다고 인출이

귀신이 데려가려 왔을 때
누가 누구인지 구별 못 하도록
아버지는 이렇게 여러 이름 지었을 거야

* 나의 어릴 때 불리던 아명은 나출(羅出), 혹은 인출(寅出)이다. 이런 이름으로 나를 불러주던 고향 사람들은 모두 세상을 떠나고 없다.

외딴 오두막집

그 집 기억하네
내가 태어난 산지기 집
김천 삼악산 나실재羅室齋 옆 산골짝 비탈
겨우 서 있던 오두막집

먼 하늘에서
엄마 배 속을 거쳐
나는 이 지구 위에 내려왔지
당시 나라는 전쟁 중

그 작은 초가에서
산지기 가족이랑 우리 가족 더불어
방 두 칸에 나눠 살았네
얼마나 불편했을까

그곳이 궁금해서
어느 해 여름 찾아갔지
길도 사라지고 옛집은 진작 무너져

자취만 겨우 남아 있더군

여기가 방 저기가 부엌
오랜 비바람에 깡그리 쓰러지고
아궁이나 주춧돌 흔적만
조금 보였네

* 나실재(羅室齋) : 김천시 구성면 삼악산 자락에 세워진 연안 이씨 문중의 재실. 지금은 허물어지고 없다.

엄마의 눈길

종일 누웠던 엄마는
병석에서 겨우 부시시 일어나
뒷간 다녀오시네

돌아와 다시 눕기 전
포대기에 싸여 쌔근쌔근 잠든 아기
젖은 눈으로 바라보시네

네가 하필
내 약한 몸에서 태어나
장차 엄마 없이 어찌 살아갈꼬

이 걱정 저 걱정으로
엄마는 점점 배춧잎처럼 시들어가네
눈 감고 있어도 뜬눈이네

그로부터
수많은 세월 지났지만

지금도 엄마 눈길 곁에 계시네

숙모님 말씀

어느 겨울밤
숙모는 화로를 껴안고
부젓가락으로 짚불 다독이며
어렵게 말 꺼내셨지

너 안 생겼으면
네 엄마가 죽지 않았어
그 전쟁 통에 너를 배 속에 품고
피란 다니느라

성한 사람도
살아내기 힘든 세상인데
애까지 가져서 얼마나 고단했을꼬
그 말씀 듣고 고개 못 들었네

방바닥에 눈물
뚝뚝 떨어졌네 눈물 위에
또 새 눈물이 방울방울 떨어졌네

난 손으로 그걸 덮었네

손바닥 아래가 축축
가린다고 슬픔이 사라지나
엄마는 결국 나 때문에 돌아가셨구나
내가 엄마를 죽였구나

그것도 모르고
이날까지 난 엄마를 원망했어
키우지도 못할 거 왜 낳으셨냐고
바보 같은 생각도 했어

참외 배꼽

엄마 동서는 여덟
엄마까지 합하면 아홉
위로는 나이가 많아 어렵고
아래로 차이가 적은 동서들 다섯이
늘 만나서 놀고 일하며 같이 지냈대
모두 키가 작고 가지런해서
다섯 동서 모이면 계란 꾸러미라 놀렸대

음식도 빨래도 같이 하고
일하다가 심심하면 노래도 불렀는데
울 엄마 혼자 입 꾹 다물었대
짓궂은 동서들 우리 엄마 노래시키려고
형님 노래 안 하면 참외 배꼽 보여줘
이 말에 깜짝 놀라 노래 부르셨대

명주 전대 꽃 쌈지에
돈 닷 푼 담아 들고
앞과 뒤도 모르는 이런 민요를

밑도 끝도 없이 부르다 웃음보가 터졌대

우리 엄마 배꼽이 튀어나온 걸

동서들이 어찌 알고 놀려 먹었네

우리 엄마 가장 약점은

볼록 튀어나온 참외 배꼽

산지기 집

우리 가족이
포화를 피해 온 곳
문중 종산宗山의 산지기 집

깊은 산골
방 두 개 부엌 하나 달랑
외딴 오두막집

그 방 하나에
엄마는 누워서 앓았는데
난 엄마 배 속에서 날만 기다렸어

아픈 산모가
드디어 아기 낳았지만 돌볼 기력 없네
난 엄마 옆에서 잠만 잤네

지동댁

한 번 택호는 불변일세
엄마 가셔도 우리 집은 여전히 지동댁
아버지는 지동 양반

새로 들어온 계모에게도
일가친척들은 여전히 지동댁
그렇게 부르는 게 몹시 싫었을 거야

그런 후로 계모는 점점
상좌원 가는 행차 싫어하고
아버지 혼자서만 늘 고향집 가셨지

엄마 살았을 때처럼
가을이면 추자 털고 곶감 깎아 매달고
지동댁 빈집 혼자 지키셨어

엄마의 맨발

엄마에게
우리 엄마에게 가장 견디기 힘든 시간은
아버지가 일본으로 떠났던 시절

오 남매 아이들 먹이고
입히는 일 혼자서 감당하기 힘겨웠을 거야
끼니 굶는 날도 많았겠지

아버지는 일본 가서
발전소 건설 노동자로 살았고
바쁜 나날에 편지도 한 장 없었지

그 모질게 춥던 겨울
엄마는 맨발로 눈길 다니셨대
숙모가 그 얘기 전해줬어

고무신 살 돈이 없어
엄동설한에 맨발이었다는 우리 엄마

그 애기는 가슴에 못 박혔어

어머니 임종 날 광경

누나는 어머니
발치에 엎드려 울고
형님은 어머니 손목 잡고 흐느끼고
아버지는 대청마루 기둥에
이마를 대고 어깨 들먹이는데
드디어 어머니는
요강을 가져오라 하시어
마지막으로 피오줌을 조금 누고
포대기에 싸인 채
윗목에 누워 잠든 나를 향해 웃으시며
아무도 거두어주지 못할
저 어린것은 곧 나를 따라오겠지만
아직 제 앞가림 못하는
딸자식일랑 계모 설움 안 받도록
각별히 보살펴 주시어요
이런 말씀 남기고
훌훌히 저승길 떠나셨다는
어머니 임종 날 집안의 광경이

그날로부터 사십 년도 훨씬 지난 어느 가을
마치 눈앞에 보는 듯
생생히 떠오르던 밤이 있었다

출상出喪 날

그날부터 난
다른 집에 맡겨졌다
엄마가 죽은 줄도 모르고
숙모 품에서 잠만 자고 있었다

집안은 온통
초상 준비로 법석이고
일가친척들 조용히 문상 다녀갔다
난 아무것도 몰랐다

엄마 상여가
요령을 울리며 떠났고
출상 행렬은 모성암 정자를 휘돌아
나정지 산기슭 올랐다

엄마를 땅에 묻고
가족들이 돌아온 저녁
나도 숙모 댁에서 집으로 돌아왔다

아버지가 나를 안고 울었다

태어나서 죄송해요

엄마는
세상 떠나실 때
둘러앉은 가족들께 유언하셨어

위로 여러 자식들
계모 설움 안 받도록 부탁하며
이대로 떠나는 게 송구하다고 우셨대

포대기에 싸인
윗목의 아기는 곧 당신 따라올 것이니
걱정하지 않는다고 하셨어

그 아기가 살아서
모진 세상 엄마 없이 자라서
칠십 년 세월이 지났네

엄마 엄마
그때 엄마 따라가지 못해

미안했어요 태어나서 죄송해요

죄밑

엄마는 내가 밉지
나 때문에 엄마가 아팠고
나 때문에 기어이 세상 버리셨으니

나를 안 가졌으면
병도 걸리지 않았을 터이고
전쟁도 피란도 잘 견뎠을 텐데

공연히 내가 태어나
우리 엄마 힘들게 하고 아프게 했어
엄마 미안해 내 탓이어요

그 난리법석에
나를 낳고 몸져눕게 했으니
결국 회복 못 하고 떠나시게 했으니

엄마 무덤 앞에서

내일이면
드디어 엄마 만난다고
간밤 꼬박 새었네

돌아가신 지 수십 년
이장해 모신다고 무덤 열었는데
관도 시신도 한 점 없네

내 첫돌 전에 작별한
엄마 뼈 만나면 볼에 가슴에 껴안고
마구 부비려 했는데

버리고 떠난 이 아들
무슨 얼굴로 볼까 그게 두려워서
이리도 서둘러 떠나셨구나

합장合葬

멧돼지가 내려와
자꾸만 봉분을 허문다는 소식에
부모님 합장하기로 했다

천천히 무덤 열고
관 뚜껑 걷어내니 드디어
아버지가 보인다

누런 뼛조각 몇 점 보인다
차곡차곡 쌓아놓은 유골 정수리에
손바닥 올리니 눈물 흐른다

아버님 어서 가요
어머님이랑 함께 모실게요
두 분 오래 떨어져 힘드셨지요

제2부

스무 달

스무 달이면
일 년 하고도 여덟 달
나는 어머니와 20개월을 함께 살았다

배 속에서 열 달
태어난 이후로 열 달
이 스무 달이 나에겐 금쪽이다

하지만 나에겐
어머니에 대한 기억이 남아 있지 않다
워낙 아기 때라 전혀 모른다

내 나이 열 달에 떠나셨지만
그 어머니가 그렇게도 그립고 사무쳐서
자꾸 스무 달이라고 말한다

고작 열 달

어머니와 내가
모자간의 인연으로 이 세상을
함께 살았던 시간이란
고작 열 달
무슨 볼일 그리도 급하셔서 어머니는
내가 첫돌도 되기 전에
내가 땅에 두 발을 딛기도 전에
서둘러 가신 것일까
생각하면 때로
어머니가 야속하기도 하고
원망스럽기도 하지만
어린 핏덩이를 남기고 떠나실 즈음
어머니 심정이야 오죽하셨으랴
사진도 한 장 없고
어찌 생기셨는지 얼굴조차 모르지만
그 어머니께서
늘 내 속에 와 계시고
또 자식 옆을 잠시도 떠나지 않으시며

살아 계실 때처럼 이것저것
보살펴 주신다는 것을
나는 안다

어머니 품

포릇포릇 움트는
저 눈물 자아내는 새싹들
산기슭을 온통 불그레하게 칠해오는
살구꽃 복사꽃이 이 어미다
저문 봄 어둔 산비탈
환하게 등불 켠 산벚꽃이 이 어미다

네 가슴 속의 말
네 아들딸의 해맑은 눈빛
흰 구름 둥실 떠가는 저 높푸른 하늘
쉼 없이 흘러가는 강물
네가 딛고 있는 발밑의 흙덩이가
바로 이 어미다

아, 그 말씀 듣고 새겨보니
이 세상에 나를 둘러싸고 있는 모든 것이
내 어머니 아닌 것이 없어라
진작 어머니 포근한 품에 안겨서도

그걸 모르고 살았으니

나는 얼마나 바보 천치인가

연분홍 편지

누님, 올해도
복숭아꽃이 피었습니다
과수밭 복숭아나무의 잔가지들이
그해 봄 하늘의 별 떨기만큼
많은 꽃봉오리들을 달고 있습니다
멀리서 보면 꼭 연분홍 등불을 켠 듯
누님이 시집가던 날
고운 두 볼에 찍어 발그레하던
연지곤지가 생각납니다
그리운 누님
어릴 적 누님은 어린 동생을 업고
복숭아꽃 활짝 핀 나무 밑에서 꽃가지 잡은 채
어깨 들먹이며 울었다지요
일찍 떠나간 엄마가 그리워 울었다는 걸
올봄 그 나무 아래에 서보고서야
비로소 알았어요
아, 내 그리운 누님은
지금 어느 바람 찬 하늘 밑에서

산등성이를 온통 연분홍으로 칠해오는
저 복숭아꽃을 젖은 눈으로
보고 있는지요

어인 까닭입니까

어머니
저예요, 생전에
그렇게도 보고 싶어 하시던
아들이 왔어요, 어머니
오늘 감옥에서 풀려났어요
제 목소리를 듣고
어머니께서는 벌떡 일어나
무덤 밖을 버선발로 달려 나오시는군요
이 몹쓸 자식 부둥켜안으려
가을 햇살 장글장글 내리쬐는
바깥으로 애써 나오시는군요
그런데 반겨 웃으려던 당신 얼굴이 돌연
눈물범벅이 되고 마는 것은
어인 까닭입니까
대체 어인 까닭입니까
어머니

할미꽃

어머니 산소를 찾아
헉헉대며 올라가는 모실바우 골짜기
잠시 앉아 이마의 땀을 씻고
발 앞의 생솔가지 꺾어 입에 씹으며
어머니와 나의 너무도 짧았던 인연을 생각하다가
너무 써서 그 생솔가지 멀리 뱉을 때
갑자기 파도처럼 밀려오는 허기
이때 눈앞에 선뜻 들어오는
할미꽃 수염

엄마의 얼굴

백양나무 우뚝 섰고
달 밝은 밤에
나는 나는 우리 엄마 보고 싶어요
그리웁고 보고 싶은
엄마의 얼굴
꼭 한 번만 보았으면 기쁘겠어요

어린 시절에 배웠다는
가수도 모르고 제목도 모르는
이 노래를 그분은 눈을 지그시 감고
슬픈 곡조로 불렀다
고개 숙여 그 노래 듣다가
내 눈에는 기어이 눈물이 젖었다

나정지라는 곳

김천시 구성면
면사무소 지나서 상좌원
나정지라는 이름의 산골짜기에
어머니는 계십니다
한번 가신 후로 돌아올 생각 아예 잊은 채로
온종일 바람 찬 등성이에 나와 앉아
산 아래 옹기종기 벽계동 마을
사람의 마을 지붕만 멍하니
수십여 년 그대로 바라보고 계십니다
비 오고 눈이 내려도
피할 생각조차 않으시고
그 눈비 그냥 온몸에 젖고 말리며
마을 쪽만 바라보고 계십니다
꼭 누군가를 기다리는 것만 같습니다
그러한 때 어머니가 누굴 생각하시는지
굳이 말하지 않으셔도
나는 압니다

연두색 엄마

우리 엄마요, 저어기 저
누런 흙바람 쉴 새 없이 불어오는
산등성이에 묻었지요
오빠가 그랬어요
산에 갖다 묻은 엄마는 오래오래
산에서만 연두색으로 살아가실 거라구요
얼었던 땅이 봄비에 녹고
처마 끝에 눈석임물 하염없이 떨어진 뒤
흙더미 살폿 이마에 얹고
눈부신 햇살에 눈썹 찡그리며
푸른 얼굴로 돌아오실 거라구요
저어기 저 산등성이에
온통 노랑 애기똥풀 돋아날 때
엄마는 그 기슭 쓰다듬는 바람결 되어
살짝 돌아오실 거라구요
기다리던 산천에 멧새가 솟구치고
우리 엄마 고운 얼굴이 아른아른 손짓할 때
저는요, 젖은 눈에 하늘 가득 담고

산등성이 풀밭 길을 망아지처럼 달려가
마구 뒹굴며 빰 부빌 거예요

큰 쉴 곳

하늘과 땅 사이에
누구도 모르는 큰 쉴 곳 있으니
일찍 가신 내 어머님도
늦게 가신 아버님도 다 거기 계시네
얼굴 모르는 두 형도 만나겠네
어린 시절 고향 마을에서 두루 뵙던
대소가 종반 어른들 친척들
모두 거기 계시네
내가 그토록 궁금했던
독립투사 할아버지와 할머니

그리고 어느 여름
큰댁에서 천둥 번개 치고 벼락 때리던 날
놀란 나를 치마폭에 감싸주시던
백모님도 거기 계실 테지
엄마 잃은 아기 냉큼 받아
당신 품에 안고 배불리 먹여주시던
여러 새댁 종형수들도

두루 뵙겠네 만나 뵙겠네
아, 거기 가면 반갑게 인사드릴 분들
너무도 많겠구나

어머니의 부채

어머니 가신 지
어언 몇 년 세월인가
무덤 속 어머니 하얀 뼈 보이네
그 뼈 내 볼에 가슴에 문지르고 싶네

하지만 우리 어매
여전히 이 아들 머리맡에 앉아
늙은 자식을 마치 아기처럼 두루 보살피며
부채로 설렁설렁 바람 보내주시네

어제 폭염 대단했는데
내일은 기온이 더 오른다는데
얘야 어쨌거나 몸조심해야 한다
이렇게 혼자 중얼거리시는데

자다 깨어보면
어머니는 앉은 채로 꼬박꼬박 조시는데
그러다 또 생각난 듯 눈 뜨시고

부채 바람 설렁설렁 보내주시네

민들레꽃

일괴공 조부께서는
아홉 아들들 모두 쑥대 같았으나
며느리는 하나같이
키 낮은 민들레꽃이었다
집안 대소사에서 숙모들 모습은
달걀 꾸러미의 계란처럼 가지런하였다

그 숙모들 거의 다 돌아가고
명주 전대 꽃 쌈지에
돈 닷 푼 싸서 들고 라는 노래를
즐겨 부르셨다는 내 어머니마저 돌아가신 후
이제 상좌원 연안 이씨
번성하던 집안은 텅 비었다

지난 성묫길에
쓸쓸한 고향 마을 찾았더니
팔순 가까운 봉계 숙모가 혼자 남아
양지바른 마당에 맨발로 마늘씨 심고 있었다

늦가을 외진 구석에 혼자 남은
마지막 한 송이 민들레꽃

* 일괴공(一槐公): 독립운동가로 살다가 대구형무소에서 순국한 나의 조부 이명균(李明均, 1863~1923) 선생의 아호.

외갓집

슬하에 딸 넷뿐이라
絶孫절손 끝에 집도 무너져버린
달성군 현풍면 못골
태어나서 처음 와본 외가댁 마을은
인적 끊어지고 잡초와 풀벌레 소리만이
초가을 햇살 속에 쓸쓸하였다

실낱같이 이어져 있다던
외할아버지 산소로 가는 길은 지워지고
고속도로가 보이는 뒷등에 올라
나는 물끄러미 서흥 김씨의 마을을 내려다보았다
전쟁 통에 이 막내를 낳으시고
내가 첫돌이 되기 전에 돌아가신 어머니

어머님은 그 지긋지긋한 시집살이 다 떨치고
어린 날 고향으로 바람결 되어 돌아가
아무도 돌보는 이 없는 친정 부모
무덤 곁을 혼자서 지키며 다니셨을 것이다

강산이 일곱 번씩 변하도록
이승 저승으로 갈라져 살아온 이 아들을
어머님은 알아나 보실까
방금 불어간 바람결이
'아이구 우리 아들 왔구나' 하고 반기시는
어머님 손길이라 생각하니
나는 그제야 눈물이 왈칵 솟구친다

속썩은풀

얼마나 기다림에 속이 썩어
이름조차 속썩은풀이 되었습니까
북한 야생 식물 사진전에서 만난
당신은 영락없는 우리나라 어머니의 모습입니다
보랏빛 고개를 떨구고
가녀린 잎을 차분히 접고 있는 자태에선
땅 꺼지는 한숨도 들려올 듯합니다
이 나라가 원수로 갈라서던 전쟁 끝에
돌아오지 않는 가족을 지금도 기다리시는 당신
나는 당신 앞에 발길 멈추고 서서
이날까지 모든 것 참고 삭이며 살아오신
그 세월의 내력을 생각합니다
말로는 차마 풀어내지 못할 슬픔이지만
이젠 눈물 좀 거두셔요
속썩은풀이시여

* 속썩은풀: 꿀풀과에 속하는 여러해살이풀. 한반도의 낮은 산과 들판에서 많이 자란다. 약재 명으로는 황금(黃芩)으로 일컫는다. 3년이 되면 속이 썩기 시작한다.

기봉이 처녀

엄마의 처녀 시절
분홍치마 입고 걷던 길
그 길을 가보았네

달성군 현풍면 못골
서흥 김씨 종택 맞은편 언덕길 오르면
보리밭 쓸어오던 바람

꿈도 사랑도 많던
열일곱 기봉이 처녀는
못골 언덕길 자주 올랐을 거야

난 그 길 걸으며
엄마의 처녀 시절 모습 떠올리네
저 멀리서 엄마가 달려오네

* 기봉이: 어머니의 본명은 김기봉(金基鳳, 1910~1951)이다.

옻골 이모

사랑마루를 돌아
쓸쓸한 안마당으로 접어들며
'이모~' 하고 부른다

쥐틀에 잘렸는지
다리 없는 괭이 한 마리가
흘끔거리며 사라졌다

어둔 부엌 안에서
부스스한 얼굴이 반색하고 나오며
'게 뉘고~' 하신다
어머니도 살아 계셨으면
몸짓과 목소리가 꼭 이러셨을 것이다

전쟁 통에 나를 낳고
포대기에 싸인 내가 첫돌이 되기 전
서둘러 세상을 버리신 어머니
매정하신 분

70년도 더 지난 지금
무덤 속 백골도 진토가 되었으리라
한도 많은 이 세상에 사진 하나도 안 남긴
그 어머니가 그리울 때
나는 옷골 이모를 찾아간다

양자 들이는 날

돌아가신 지 수십 년
무덤 속 외조부께서는 백골조차
한 줌 흙으로 푸석푸석 사그라지셨으리라
따님 넷 중 위로 둘은 돌아가고
셋째는 험한 세월에 떠밀려 소식 없고
홀로 남은 막내 이모가
이제 백발노인이 되어 그토록 바라던
친정집 양자를 정해서 들이는 날

하늘은 맑게 개이고
무덤 앞에서 낯선 양자는 큰절을 올린다
이모는 이마에 두 손을 얹고
무덤 속 아버지를 부르며 목이 멘다
아배요 아부지요
이젠 온갖 시름 다 떨치고
새 아들 딸 외손들 인사 차례로 받으시고
이 술 한 잔 기쁘게 받읍시오

둘러서서 이 광경 지켜보는 사람들
모두 눈가가 불긋불긋
맏딸이던 엄마도 여기 오셨으리라
오래 못 보던 딸네들 모두 찾아왔으니
외조부도 무덤 속에서 마냥 흐뭇하시리라
더부룩 돋아난 민들레 풀씨들이
바람에 날려 어디론가
하나둘 떠나간다

제3부

낙타

낙타는 등짐 지고
이 늦은 저녁 사막을 터벅터벅 걸어서
어디로 가나 어디로 가나

가다가 이따금 고개 들고
아득한 지평선 바라보는 모습은 너에게 달려올
먼 데 소식 기다리던 옛 버릇인가

사막의 이슬 맺힌 풀 사각사각 씹으며
너의 눈은 언제나 슬픔에 젖어 있네
어머니 끓여 주시던 갱죽 사발에 떨어지던 내 눈물처럼

낙타야 어린 낙타야
머뭇거리지 말고 어서 엄마를 따라가렴
네 가려는 곳으로 새벽까지는 서둘러 가야 한단다

망아지

포장도로에서
흙길로 접어들어 한참을
올라가면 보이는 초라한 천막집

말 떼를 몰고
주인은 저 등성이 넘어갔는지
여러 번 불러도 대답 소리 들리지 않고
대신 나타난 녀석이 있었다

어미를 잃었는가
슬픈 눈의 망아지 한 마리
자꾸만 내게 몸 기대고
등을 부비며 떨어질 줄 몰랐다

나는 슬펐다
어릴 적 내 모습을 보는 듯했다
네 어미가 너를 두고 먼저 죽었구나
가슴이 온통 미어졌다

두더지

이른 아침
산길에 두더지가 지나갔다
저 길은 땅속 어디까지 이어진 것일까

두더지는 지금
어디쯤에서 묵묵히 삽질하고 있을까
녀석은 지금 파내도 파내도
여전히 캄캄한 어둠을 파내는 중이다

이대로 세월없이 파들어 가면
그 어둠이 끝날 때도 혹시 있으리란
터무니없는 믿음을 가졌을지도 모른다

일생을 무작정 어둠만 파내다 가신
내 아버지와 어머니가
그랬던 것처럼

별의 생애

바람 속에 태어난
저 아기별은
제 어미가 누구인지도 모르고
오늘도 캄캄한 우주 벌판에서 외롭게 반짝인다
아기별이 땅 위의
가난한 나라 아이들과 밤새도록
서로 눈 맞추고 용기와 희망에 대해 이야기할 때
자신의 한 생을 살아온
늙은 별은
흐뭇한 얼굴로 그 광경을 지켜보다
우주의 한쪽 구석에서
혼자 조용한 임종을 맞이한다
자욱한 눈보라 속으로 터벅터벅 걸어가서
영영 되돌아오지 않는
저 북극 에스키모 노인처럼

덕이 형아

아기가 간다
뒤뚱거리며 간다

온몸이 펄펄 끓는데
엄마도 찾지 않고 말없이

네 살배기 꼬마가 간다
막대기로 돼지 몰고 혼자서 간다

험한 세월 그렇게 흘렀어도
꼬마는 여전히 네 살

그 아기 안개 속으로 사라져
이젠 보이지 않는다

늘 가슴이 저린다

나에게 두 형이 있었다
그들은 일찍 죽어 얼굴도 모른다
맏형은 문둥이로 스물셋에
셋째는 아기 때 홍역으로 떠나갔다
출생신고도 하지 않아
호적에도 없다

전쟁이 끝나자 아버지는
앓는 맏아들 혼자 버려둔 채
남은 가족 데리고 먼 도시로 떠났다
남겨둔 양식 자루 바닥나자
그냥 굶다가 죽었다
고독이 그의 목을 졸랐으리라

일가 한 분이 와서
거적때기로 둘둘 만 주검을
지게에 얹어 어느 산골짜기에 묻었다고 한다
언젠가는 찾아본다고 했는데

그때 분들 다 돌아가서

나는 거기가 어디인지 모른다

상사화

꽃보다 먼저 잎은 지고
빈 천지에 바람만 도는데
꽃은 저 홀로 피어나
하루 종일 연분홍

저희들 한 대궁으로
생겨나고서도
어이 잎 먼저 저물고
꽃은 나중에 벙그는지

저희들 한 뿌리에
터 잡고 가쁜 숨 뱉으면서도
어이 꽃과 잎들은
서로 만나지를 못하는지

이 꽃만 보면 아무렴
죽은 문둥이 형님 생각에 목메이누나
그래그래 목이 잠겨

말도 안 나오누나

형님 계신 곳

형님
철순 형님

아우가 고향 왔으니
나를 한번 불러주셔요

형님 묻힌 곳 모르니
나 여기 있노라 한번 외쳐주셔요

차마 말씀하시기 힘들면
오뉴월 뻐꾸기 울음에 묻어서라도

그조차 어렵다면
불어가는 바람결에라도 살짝

형님 누워계신 곳
일러주셔요

달개비꽃

오늘도 높의 하늘 변두리 떠다니며
내 넋은 마음 놓고 앉을 곳이 없구나
아우야 얼굴도 모르는 이 형이 보내는 귓속말
무엇이 그리 반가울 리 있을까만
어찌하리 나의 뜬눈 감을 수 없으니
너만은 내 가슴 속 깊은 한 들어줄 것 같아서
바람결에 잠시 전하노니 그리 알거라

오뉴월 염천에 내 몹쓸 병 들어
서왕골 깊은 숲에 움막 치고 누웠을 때
와서 돌보는 이 하나 없고
사람들은 일부러 이 골짝 멀리 돌아다녔지
비 뿌리고 번개 치는 어둔 밤이면
호롱불 껌뻑일 때마다 내 눈썹 흩날리고
손가락 발가락도 하나둘 사라졌어

골짝을 흘러가는 실개울에
내 슬픔이며 탄식이며 모두 띄워 보내며

하늘 향해 울부짖던 마지막 절규
세월은 물살 위로 내려앉아 덧없이 가고
모든 게 삭아 문드러지는 그 속에서도
끝내 남아 있던 생의 애착과 미련
아우야 네가 좀 더 자라면 알 것이다

내가 왜 그 골짜기에서 버림받고
가뭇없이 사라졌던지 알게 될 날 오리라
휴전 후에도 밤마다 소란할 때
우리 가족 날 버려두고 멀리 떠나갈 제
그 뒷모습 멀리서 바라보았지
강보에 싸인 너를 업고 가던 네 누이
자꾸 뒤돌아보며 흘리던 눈물

그 눈물 땅에 떨어져 보석이 되었지
별 뜬 밤 몰래 가서 내가 그걸 주워 와
움막 앞 마당귀에 고이 심었네
소년아 세월은 참 많이도 흘러갔구나

가족 떠난 빈집에 내 홀로 들어가
밤마다 빈집 우는 소리 듣고
낮이면 보리밭에 들어가 목 놓아 울었지

어느 흐린 저녁에 내 뜻한 바 있어
아조 곡기 끊은 채 드러누워
다가올 죽음을 혼자 기다렸단다
떠돌며 실성해진 비바람이 문턱 넘어와
낡은 창호지 갈가리 찢었어
내 몸 방바닥에서 굳은 지 한 달이 지나
아랫마을 무영 씨가 우연히 들렀지

장작 같은 육신을 거적에 둘둘 말아
서왕골 움막 부근에 갖다 묻었어
그곳은 내가 혼자 앉아서 한숨 쉬던 곳
우리 집 등불 멀리서 바라보던 그 언덕에
이듬해 봄부터 어인 꽃이 그리도 많이 피어났나
울고 가는 저 기러기 내 맘속 알까

그 꽃은 물에 떠내려간 내 눈썹이 아닐까

오늘도 늪의 하늘 가장자리에
내 넋은 폴폴 나비처럼 날아다니며
소년아 너에게만 귓속말로 살그머니 들려준단다
이젠 너도 철이 들고 세상 물정 알기에
달개비 양달개비 보라달개비
눈썹꽃 그 내력을 일러주려고
바람 끝에 살짝 실어 보낸단다

덕이 형

내 바로 위에
형이 있었는데 죽었다
네 살 때 홍역으로 죽었다

해방둥이 그 형이
이날까지 잘 견디고 살았더라면
내 기댈 언덕이었으리

네 살에 막대기 들고
돼지 몰며 마당을 다녔다던 아이
유난히 똘똘했다던 아이

그런데 호적엔 기록이 없다
종덕이라는 이름만 어렴풋 기억될 뿐
세상에 남긴 흔적이 없구나

철순 형님

철순이 형님은
삼월 하순에 혼자 죽었네
온천지의 꽃들이 막 피어날 때

옆엔 아무도 없이
빈방에서 여러 날 굶은 채
그때 나이 불과 스물셋

한창 꽃다운 나이인데
어찌 그리도 비운에 살다 가셨노
가슴 설레는 청춘일 텐데

연애도 못 해보고
뜨거운 포부도 그대로 접은 채
검은 휘장이 모든 걸 일시에 휘감았구나

애고 애고 원통 절통
한창 꽃 피어나야 할 그 좋은 나이에

무서운 고독 겪고 가신 형님

아버지의 노래

어느 달 밝은 밤
아버지는 대청마루에서
나를 무릎에 앉히고 노래 부르셨네
아버지 노랫소리가
환한 달빛 타고 실안개처럼 사운대며
하늘로 오르는 광경 보였네

지나간 그 옛날에 푸른 잔디에
꿈을 꾸던 그 시절 언제이던가
저녁 하늘 해 지고 날은 저물어
나그네의 갈 길이 아득하여요

〈세 동무〉란 제목의 무성영화
그 슬픈 주제가를
아버지가 한 소절 부르시면
내가 따라 불렀는데 왠지 눈물이 났네
어미 잃은 막내 생각에
그날 아버지 가슴도 젖었으리

* 〈세 동무〉 : 1928년 김서정(김영환)이 각본, 감독, 변사까지 맡았던 무성영화. 원래 제목이 '삼걸인(三乞人)'이었으나 일제의 검열 과정에서 '세 동무'로 제목이 바뀌고 필름의 중요 대목도 삭제되었다. 주제가는 문수일 작사, 김영환 작곡으로 1930년 채규엽(蔡奎燁)이 먼저 불렀고, 고복수(高福壽)는 1935년에 음반을 내었다.

고쿠라역을 지나며

뒤숭숭하던 일제 말
한 조선 청년이 바다를 건너와
삐걱거리는 내륙 열차 타고 도착했던
일본 규슈 북부의 고쿠라

거기 발전소 건설 현장에서
해 뜨고 저물 때까지 노동자로 일했던
그 청년의 땀과 피와 눈물과 고독을 생각한다
그 청년은 내 아버지다

멀리 보이는 공장 굴뚝에서
흰 연기가 뭉글뭉글 뿜어져 나온다
저 공장 언저리 어딘가에
아버지 일하던 발전소가 있었으리

나는 그곳을 바라본다
구불구불한 골목길 저쪽에서
나귀처럼 무거운 등짐을 지고 걸어가는

청년의 뒷모습이 보인다

* 고쿠라(小倉) : 일본 후쿠오카 동부에 있는 지명. 석탄과 철광석의 집산지로 일제 때의 군수산업 기지였다.

나귀 한 마리

등 뒤 수레에
제 몸보다 더 큰 짐 싣고
가파른 언덕길을
아등바등 오르는 나귀 한 마리

나귀의 입에선
열차 화통처럼 허연 입김 뿜어져 나온다

내 할아버지도
아버지도 형제들도 모두
그렇게 살다 갔다
나도 그렇게 허덕지덕 살았다

아버님의 일기장

아버님 돌아가신 후
남기신 일기장 한 권을 들고 왔다
모년 모일 '終日 本家'
'종일 본가'란
하루 온종일 집에만 계셨다는 이야기다
이 '종일 본가'가
전체의 팔 할이 넘는 일기장을 뒤적이며
해 저문 저녁
침침한 눈으로 돋보기를 끼시고
그날도 어제처럼
'종일 본가'를 쓰셨을
아버님의 고독한 노년을 생각한다
나는 오늘
일부러 '종일 본가'를 해보며
일기장의 빈칸에 이런 글귀를 채워 넣던
아버님의 그 말할 수 없이 적적하던 심정을
혼자 곰곰이 헤아려보는 것이다

새벽별을 보다

아버지는
하얀 병실 침대 위에서
덧없이 살아온
평생을 낱낱이 헤아리느라 비몽사몽

나는 그 옆에 엎드려
헬레나 노르베리 호지가 쓴 『오래된 미래』를
밤을 새워서 읽는다

어느덧 창밖이 훤히 밝아오고
어둠은 저편 산그늘 뒤로 슬쩍 숨어버렸다
푸른 새벽하늘에
문득 한 떨기 총총한 별이 떴다
어디선가 새로 태어날 목숨이
목숨 받을 준비라도 하는가

그래 세상은 어차피 이렇게 이어져가는 것
나는 힘없이 축 늘어진

아버지의 한쪽 손목을 꼭 쥐어본다

지게

—農具[농구]노래 22

한쪽 목발 부러지고
등태마저 없는 저 지게를 어머니
제가 왜 그토록 보듬는지 아십니까
그해 몸서리치던 포성 속을
어머니는 저의 지게에 얹혀 피란길 떠나셨지요
무명 수건에 얼굴을 묻고
눈보라 속에서 흐느끼시던 어머니
이화령 고갯마루가 먼발치로 보이는
연풍마을 어느 빈집에 드러누워
어머니께선 차마 감지 못할 눈으로 가셨더이다
저는 터벅터벅 어머니 혼백만 지고 내려와
그 뒤 남녘들 떠도는 새우젓 장수 되었습니다
악착한 세상 굽이굽이 헤매일 때
등에 진 젓국 동이가 자꾸 어머니로 보이더이다
그럴수록 소자는 어금니 악물고
지게 작대기로 땅을 박차고 일어섰지요
세장목 풀리면 탕갯줄 조이고
어깨 느슨해 오면 밀삐를 당겨가며

그럭저럭 살아온 게 벌써 회갑이로군요
오늘 제사 끝에 할머니 모습 묻는 아이들에게
그 망가진 지게 들고 와 보여주었더이다
이분이 바로 너희 할머니라고
내 어머니의 몸이라고

내 속의 아버지

한 해가 저물어가는 어느 세밑 방안에서 혼자 시를 쓰다가 문득 헛기침한 적이 있었는데 그때 나는 깜짝 놀랐습니다 내 기침 소리가 어린 날 새벽 잠결에 듣던 아버님 기침 소리였기 때문입니다

나이 들어서 벗겨진 알머리 가리느라 중절모 즐겨 쓰게 되었는데 이것도 어릴 때 늘 보았던 바깥나들이 하실 때 아버님 중절모와 너무도 많이 닮아 있었습니다

아버님 육신은 이 땅에 계시지 아니하지만 당신은 진작 이 아들의 삶 속에 둥지 틀고 들어와 좌정하고 계셨습니다 나이를 먹어가면서 내가 점점 아버지 닮아가는 것은 내 속에 계신 아버지가 갑갑해서 이따금 바깥으로 불쑥 나오시기 때문입니다

아버님이 왈칵 그리워질 때 나는 나도 모르게 가슴속에서 아버님을 꺼내어 손바닥에 놓고 가만히 들여다봅니다 이미 돌아가셨지만 내 속에 여전히 살아 계신 당신 나 또한 세월이

흘러 내 자식들의 기억 속에서 당신처럼 살아 있을 테지요

더 자주 보려고 책상 유리 덮개 밑에 넣어둔 아버님 사진은 무릎에 손자 앉히고 항상 흐뭇한 얼굴로 앉아 계십니다 오랜만에 아버님의 자애로운 미소를 더듬는 지금 마음속엔 한없이 푸근한 눈이 내리고 있습니다

제4부

봄날

어리고 여린 풀들이
마른 풀밭 귀퉁이서 소복소복 돋아나며
하늘 향해 가만히 눈 뜨는 순간

갠 날 꼬마 손주들
앉은 채 그대로 보듬고 나와
우리 할머니 툇마루에서 햇살 더듬는 순간

예쁜 어리광들
뒹굴며 칭얼거리며
할머니 무릎에서 짐짓 응석 겨울 때

얼굴 가득 사랑 머금은 마른 풀잎이
어린 풀들의 이마를 쓰다듬으며 눈부시게 눈부시게
내려다보는 순간

소낙비

묻어가자
비구름 묻어가자
저 멀리 아련한 갈미봉 너머
위풍당당한 걸음걸이로 묻어가자

파고들자
어머니 젖가슴으로 엉겨들 듯
목마른 금박산 기슭
타다닥 탁탁 내려꽂히자

대지여
서둘러 내 손을 잡아라
너의 먼지 풀썩이는 메마른 정신 속으로
봇도랑 철철 넘치게 할지니

지금 이 시간
지상의 목마른 것들
아기 새처럼 일제히 입 벌리고 하늘 받아라

그리고 구부렸던 등을 펴라

잃는다는 것

독도 등대에서
북쪽 끝 독립문바위로 가던 중
능선 길에서 보았네
수많은 괭이갈매기 병아리가
여기저기 쓰러져 그대로
죽어 있는 광경을

거기 쪼그려 앉아 오래 보았네
가슴 속에서 깊은 슬픔 끓어올랐네
내가 두 발로 서지 못할 때
엄마 잃은 내 가련한 모습 떠오르고
나라 잃어 험한 곳으로 쫓기던
겨레의 모습도 떠올랐네

그 무엇이든
거두는 이 없으면 저리되는 것
저 병아리란 놈들도 길 잃고 어미 잃고
주린 배로 헤매다 저리 되었으리

곧 눈물이 흐를 것 같아
멀리 수평선 쪽으로 눈길 돌렸네

장날

파릇파릇 새싹이 돋네
엄마 발걸음 서둘러 장에 가시네

안주인 없는 빈집엔
강아지도 구름 보고 짖다 잠잠하고
처마 밑 툇마루엔 종일 심심한 바람만 드나드네

긴긴 하루해는 뉘엿뉘엿
저물어 가는데 엄마 발소리 들리지 않네
내 귀는 온통 대문으로 가 있네

엄마 혼자 무겁게 들고 오실
장바구니가 눈에 선하게 떠오르네
냉이 한 줌 두부 한 모
망개떡 한 봉지

아, 종이로 감싼 고등어 옆에
고운 분홍색 운동화도 한 켤레 보이네

그토록 빈속을 훑어 내리던
허기는 어디로 갔나

개 짖는 소리 들리고 대문 앞으로는
그리운 우리 엄마 터벅터벅
들어오시네

瑞興 金氏 內簡서흥 김씨 내간

그해 피란 가서 내가 너를 낳았고나
먹을 것도 없어 날감자나 깎아 먹고
산후 구완을 못 해 부황이 들었단다
산지기 집 봉당에 멍석 깔고
너는 내 옆에 누워 죽어라고 울었다
그해 여름 삼복의 산골
너의 형들은 난리의 뜻도 모르고
밤나무 그늘에 모여 공깃돌을 만지다가
공중을 날아가는 포성에 놀라
움막으로 쫓겨와서 나를 부를 때
우리 출이 어린 너의 두 귀를 부여안고
숨죽이며 울던 일이 생각이 난다
어느 날 네 아비는 빈 마을로 내려가서
점령군이 쏘아 죽인 누렁이를 메고 왔다
언제나 사립문에서 꼬리 흔들던
이제는 피에 젖어 늘어진 누렁이
우리 식구는 눈물로 그것을 끓여 먹고
끝까지 살아서 좋은 세상 보고 가자며

말끝 흐리던 늙은 네 아비
일본 구주로 돈 벌러 가서
남의 땅 부두에서 등짐 지고 모은 품삯
돌아와 한밭 보에 논마지기 장만하고
하루 종일 축대 쌓기를 낙으로 삼던 네 아비
아직도 근력 좋게 잘 계시느냐
우리 살던 지동댁 그 빈 집터에
앵두꽃은 피어서 흐드러지고
너 태어난 산골에 봄이 왔구나
아이구 피란 피란 말도 말아라
우리 모자가 함께 흘린 그해의 땀방울들이
지금 이 나라의 산수유꽃으로 피어나
그 향내 바람에 실려와 잠든 나를 깨우니
출아 출아 내 늬가 보고 접어 못 견디겠다
행여나 자란 너를 만난다 한들
네가 이 어미를 몰라보면 어떻게 할꼬
무덤 속에서 어미 쓰노라

* 서흥 김씨 : 필자의 어머니. 지동댁(池洞宅)은 당신의 택호. 1951. 5. 14. 타계.

애장터

막힌 골짜기 찬 솔바람 속
크고 작은 흙 돌기가 애장터인가 보이
온종일 햇살도 들지 않고
삭은 여우 똥 폴폴 날리는 곳에
서리까마귀 낮게 날고
쌓인 눈 녹을 생각도 안 하고 있네

대낮인데도 마을 사람들 멀리 돌아가고
아이들의 혼령은 아조 외로운가 보이
봄이면 수년을 길길이 자란 다복쑥 덤불 속에
다소곳이 눈을 뜨는 애기똥풀 마디풀
새하얀 일년초의 꽃들이 피어
땅속의 아이들 차츰 외롭지 않으이

해지고 어두운 찬 솔바람 속
누웠던 아이들 모두 일어나 앉아
먼 마을의 깜빡이는 등불을 보네
등불 속에는 눈물짓는 어머니

어린것을 내다 버린 언 땅이 가슴 아파
밤이 이슥하도록 베갯잇을 적시네

창밖을 달리는 밤바람 소리
이런 밤엔 애장터의 아이들도 잠들지 않으이
언제나 빈 골짝에 달뜬 밤이면
찾아와 놀아주는 혼백들 있네
경인년 사변 통에 이쪽저쪽 군인들이
마을 장정 끌고 와 총을 쏘던 이 골짝

그때 죽은 혼백들 함께 와 노네
아저씨 아저씨 어서 오셔요
피투성이 아저씨가 그래도 좋으냐
해 지고 비 뿌리는 찬 솔바람 속
아무도 돌보지 않는 혼백끼리 만나서
아이들도 어른도 차츰 외롭지 않으이

앵두밥

우리가 끼니조차 몹시 힘들던
그때가 아마 대동아 전쟁 무렵이지
가을 거두어 먹던 나락
쌀독 바닥이 둥글게 드러나고
봄보리 나면 좀 살겠다던
그해는 감꽃도 더욱 노랗게 보였지

설익은 보리 이삭을 뜯어다가
네 엄니 맷돌에 얹어 두 손으로 비빌 때
학교 갔다 돌아온 네 형은
빈 쌀독에 머리 박고 〈따오기〉를 불렀지
그사이 보리 껍질 조금씩 벗겨지고
네 엄니 손바닥 골엔 피가 맺혔지

한 겹 벗긴 보리알을 솥에 삶아 내어
오뉴월 멍석 위에 오래 말리고
디딜방아 뭉치 끝에 쿵쿵 찧을 때
네 엄닌 감꽃으로 허기 달래고

내 가슴은 방아 틀에 찢기는 듯했었지

찧어낸 보리알로 밥을 지으면
그 이삭 밥 앵두알 만큼 굵고 거칠어
사람들은 앵두밥이라 부르곤 했지
눈물로 간을 맞춰 먹던 염천에
이제 누가 그 앵두밥을 기억조차 하겠느냐
앵두밥 앵두밥 한이 맺힌 앵두밥

올챙이

우리는 버림받은 자식인가요, 어머니
오늘도 뙤약볕 내리쬐는
논바닥에 한 움큼 물 고인 곳을
그나마 물이라고 오르내리며
그게 마지막 헤엄인 줄은 몰랐지요
한 많은 당신의 알 보자기를, 어머니
왜 갈라진 강바닥에 뿌리셨어요
있는 듯 마는 듯 조금 물 고인 곳이
처음엔 우리들의 고향인 줄 알았습니다
하기야 우리들 고향이란 게 별것 있나요
하늘 아래 모든 늪이 내 집이지요
끊임없이 세상은 균열되고
우리들의 작은 늪이 말라붙네요
날마다 황토 물속 오르내리며
부글대는 거품만 삼켰답니다
아, 숨이 가빠져요 어머니
물을 주세요, 물을 주세요,
헐떡이는 아가미를 축이고 싶어요,

어찌해서 우리에겐 발이 없나요
아무리 소리쳐도 눈 하나 꿈쩍 않는
저 무뚝뚝한 논두렁과
바위들의 냉담이 나는 미워요
우린 끝내 논바닥에서 죽어갔지만
누구 하나 우리를 거두지 않았어요
망종 무렵 농부가 물꼬를 틔우고 나서
맑은 여울은 가만히 다가왔습니다
여울이 깊은 잠을 흔들어 깨울 때
우리들 버림받아 굳어진 몸은
푸른 물 위에 둥실 떠서
아주 먼 곳으로 흘러갔습니다

4월

뾰루죽 움 돋는
저 들판에 가만히 귀대고
들어보면 우리나라 들판 내력 알 수 있지
겨우내 빈 들을 할퀴고 간
살 에이던 삭풍과 두런거리는 땅속
뿌리들의 설렘을

촉촉이 물오르는
저 등걸에 가만히 귀대고
들어보면 우리나라 세월 내력 알 수 있지
터질 듯 가슴 조이며
빼끔히 내다보던 옹이 속에서
이제야 기지개 켜는 작은 소란을

더부룩 풀 돋는
우리 어머니 무덤가에 가만히 귀대고
들어보면 우리나라 고향 내력 알 수 있지
그 매운 난리 통에도

앉은 자리 지키며 수십 년 살아온
아, 눈감아도 선하게 떠오르는 꺼칠한 얼굴들

저 멀리 아른아른
깊은 하늘 쪽으로 가만히 귀 열고
들어보면 우리나라 하늘 내력 알 수 있지
무수한 광음을 으르렁거리던
비바람 천둥 안개 모진 눈보라
그 끝에 이르러 드디어 쏟아지는 저 햇살

우리 가는 길 달라도

너와 나
끝내는 한 길에 하나 되리
우리 가는 길 달라도
짓는 표정 서로 서먹하여도
내 너를 향한 아무런 미움 없으니

잠 오지 않는 새벽
싸락눈 뿌리는 마당에 나와 서서
나는 두고 온 북녘 하늘
눈 오는 포구의 등불을 생각하고
너는 먼 남쪽 마을
늙으신 어머님의 흰 머리카락을 생각하리

그리움은 이 추운 밤에도
맨발로 달려와 서로 말 잊고 애태우다가
얼굴 들여다보며 와락 얼싸안고
펑펑 울기도 하다가
나는 네 어깨 위의 쌓인 눈 털어주고

너는 내 젖은 두 뺨 손바닥으로 닦아 주리

아, 지금 이 시간 우리 마음
맑기가 고운 이슬 같고
품은 칼날 없으니
너와 나 끝내는
한길에 하나 되리

새해 아침

어머니,
새해 아침 일찍 일어나시면
저를 깨워주셔요
꼭이에요 잊지 마셔요
내일은 일 년 열두 달 중에서
가장 맑고 밝은 아침을
제가 어머니와 함께 맞이해야 하거든요

어머니,
찌푸린 얼굴로 뒤돌아보지 마세요
눈물과 한숨도 이젠 거두셔요
지난날의 재앙
그토록 모진 고통과 수난의 시간은
뒷골목으로 황급히 달아나는 고양이처럼
지금 물러가고 있잖아요

어머니,
새해 새 아침의 밝은 해가

동해를 헤치며 떠오르고 있지 않습니까
잠든 갈망을 소생시키고
고독과 음습한 영혼이 물러간 아침
사람들은 돌층계 위에 서서
일제히 저 해를 바라보고 있네요

어머니,
제가 사랑하는 어머니
당신을 위하여 저는 사랑이 가득 담긴
꽃바구니 안겨드리고 싶어요
교만과 편견을 버리고
인간 본연의 도리를 찾을 거예요
탐욕과 무분별도 버릴 거예요

어머니,
간밤에 눈이 내렸어요
아, 어머니 저 눈 덮인 들판을
누군가 감격의 소식 안고 달려오네요

무슨 소식일까 당신께선 이미 짐작하시고
오래 참았던 눈물을 주르르
흘리시는군요

늘 내 속에 계신 어머니

바람처럼 달려가는 세월이 어느덧 망팔望八이지만 나는 아직도 돌아가신 어머니를 잊지 못한다. 그 어머니는 나를 낳은 지 열 달 만에 세상을 떠나셨다. 난리 통에 사진도 한 장 남기지 않아서 나는 지금껏 어머니의 얼굴조차 모른 채 살아왔다. 이승의 인연이란 워낙 막중한 것인데 더욱이 모자간의 인연으로 맺어진다는 것은 그야말로 우주의 비상한 기운이 모여서야 비로소 이루어지는 엄청난 점지點指라 하겠다. 그런데도 어머니와 나의 인연은 고작 스무 달 안팎이다. 내 태어나기 전 어머니 배 속에서의 열 달과 출생 후의 열 달이 고작이다. 대체 이 무슨 인연의 곡절인가. 굳이 인연의 막중함을 함께 지낸 시간의 분량만으로 헤아릴 바는 아니로되, 못내 가슴속에서 어머니에 대한 허전함과 아쉬움이 남는 것은 달리 어찌할 도리가 없다. 그리고 이런 기분은 시간이 갈수록 더해져만 간다.

어머니가 계시지 않는 어린 시절, 나는 얼마나 외롭고

쓸쓸하며 보잘것없는 아이였던가. 가족들 모두가 나가고 없는 빈집에서, 초등학교 시절 학교에서 집에 돌아와도 맞이해 주는 사람 하나 없는 텅 빈 방이 나는 그지없이 두려웠다. 어린 날 동네 골목에서 놀다가 하루해가 저물어 갈 때 어머니들이 대문 앞에 나와 자기 아이들 이름을 불러 데리고 들어간 뒤 나 혼자 텅 빈 골목에 남은 그 고독을 짐작하는 이는 드물 것이다. 모든 것이 새삼스럽게 애틋하고 그리워지던 사춘기 시절, 마당의 벽오동나무 사이로 언뜻언뜻 보이는 보름달을 보면서 눈물짓던 날은 얼마나 많았던가. 어머니를 향한 그 엄청난 그리움, 사무치는 정념을 나는 가눌 길이 없었다. 내가 오늘날 시를 쓰고, 문학을 하게 된 것도 모두 어머니를 향한 하염없이 솟구치는 그리움을 내 스스로 풀기 위하여 저절로 그리된 것이라 나는 여긴다. 아니면 아들의 고통을 짐작하는 어머니께서 나를 그 길로 슬그머니 이끌어주셨는지도 모를 일이다.

어머니와 내가 이승의 인연은 비록 짧았지만 어머니께서는 부모은중경父母恩重經의 열 가지 막중한 은혜를 지금도 여전히 아들에게 베풀고 계신다는 사실을 나는 알고 있다. 그 격변기 고통의 시절, 몸속에 나를 품고 열 달 동안 잘 보호해 주셨으니 그것이야말로 '회탐수호은懷耽守護恩'이다. 6·25전쟁의 고난을 온몸으로 겪으며 피란지에서 나를 낳는 고통을 겪으셨으니 그 '임산수고은臨産受苦恩'을 내가 어찌

잊을 것인가. 나를 낳고 산후조리를 제대로 못 해서 병을 얻으셨고 그 길로 바로 세상을 떠나게 되셨으니 이 '생자망우은生子忘憂恩'을 생각하면 지금도 몽매간에 눈물이 흐른다. 철없던 시절, 나는 자주 아들을 두고 먼저 떠나신 어머니가 참 야속하고 원망스럽다는 생각을 했었다. 하지만 사물에 대한 지각이 생기면서 포대기에 쌓인 어린 핏덩이를 남기고 떠나실 즈음 어머니의 절박하셨을 속마음을 헤아리노라면 내 가슴속 서운함은 어느 틈에 눈 녹듯이 사라졌다. 실제로 어머니께서는 임종하실 때 어린 나를 가리키며 '윗목의 저 어린것은 곧 나를 따라올 것이니…'라고 말하면서 오히려 형과 누나들의 장래를 도리어 걱정했다고 한다.

어머니께서 세상을 떠나신 후 아버지는 어린 나를 품에 안고 비슷한 시기에 아기를 낳은 마을 아낙네들을 동네방네 찾아다니며 동냥젖을 먹여주셨다. 또 홍합과 쌀가루를 넣고 끓인 부드러운 암죽을 떠먹이며 아들이 어머니를 뒤따라가지 않도록 겨우겨우 말리셨다. 두 누나들이 나서서 어머니 대신 진자리 마른자리 갈아주고, 맛난 음식은 따로 두었다가 몰래 주었으니 '회건취습은回乾就濕恩'과 '회고토감은回苦吐甘恩'은 모두 그분들의 몫이다. 아버지께서는 주로 젖을 먹여서 길러주시는 '유포양육은乳哺養育恩'을 도맡으셨고, 누나들은 나에게서 나오는 온갖 빨래를 도맡아 해주었으니 '세탁부정은洗濯不淨恩'의 실행이다. 전쟁 통에 어머니를 잃고 마땅히 죽을 목숨이던 내가 이렇게 가족들의 보살핌으로 생기를 회복하고 되살아나게 되자 세 살 되던 해에 우리 가족은 도시로 거처를 옮겼다. 하지만 그것은 또 다른 고통의 시작이자 반복이었다. 살아가는 날이 한순간도 위기가 아닌 적이 없었다.

나는 이날까지 살아오면서 여러 차례 삶의 고비를 겪었고, 가서는 아니 될 곳도 더러 갔다. 멀고 가까운 곳을 바쁘게 찾아다니기도 했었고, 때로는 생사의 위험한 고비도 겪었다. 무릇 사람이 살아가는 삶의 일이란 다 그런 험난한 경로와 과정이 아니던가. 그리고 자기에게 다가오는 그 모든 위기에 맞서 그것을 극복해 나가는 싸움이 아니던가. 이런 때에 어느 한순간이든 내가 어머니의 목소리를 듣지 않은 적이 단 한 번도 없었다. 어머니께서 가만히 다가와 아들의 귓전에 나직이 소곤거려주시는 말씀은 대개 다음과 같은 것이었다.

"얘야, 너 그런 곳에 가서는 아니 된다."

"앞으론 좀 더 조심할 필요가 있겠어."

"겨우 그 정도를 고생이라고 네가 그토록 힘들어하니?"

"그 해로운 것을 두 번 다시 입에 대서는 안 돼."

"네 주변을 항상 잘 살펴보고 다니거라."

"너보다 더 어려운 사람을 보살피고 도와주도록 하거라."

"매사에 더욱 힘쓰고 노력하기를 바란단다."

"너 언제까지 이렇게 축 늘어져 있을 것이냐?"

내가 어떤 일로 충격을 받아 삶에 좌절하고 낙망으로 여러 날 동안 축 늘어져 있을 때면 어머니께서는 언제나 발소리를 죽이며 바람처럼 다가와 이런 말씀을 들려주시는 것이었다.

옛적에 어떤 홀어머니와 함께 살던 패륜아가 집을 뛰쳐나가 도적의 굴에 들었는데, 드디어 두령이 되기 위한 통과의 관문으로 제 어머니의 목을 베어오는 담력 시험이 있었다. 도적은 천 리 길을 달려서 옛 고향집으로 왔건만 그날 밤에도 늙으신 어머니는 아들이 돌아왔을 때 입힐 옷을 손질하고 계셨다. 도적은 한순간 움찔했건만 욕심이 그의 두 눈을 가렸다. 드디어 방문을 부수고 들어가 어머니의 목을 단칼에 베었다. 그리곤 곧바로 피가 뚝뚝 흐르는 어머니의 머리를 허리에 꿰어 차고 정신없이 달려갔다. 어느 낭떠러지에서 아들은 발을 헛디뎌 굴러떨어졌다. 정신이 혼미한 아들의 귀에 어디선가 가느다란 말소리가 들렸다.

"얘야. 어디 다친 데는 없느냐? 항상 조심해서 다녀야지."

정신을 차리고 본즉 허리에 찬 어머니의 목에서 들려오는 말씀이었다. 어머니는 아들의 손에 의해 죽음을 겪으셨건만, 죽음 뒤에도 그 못난 자식의 앞길을 보살피며 걱정하고 있었던 것이다. 나는 어려서 누구에겐가 들었던 이 옛이야기를 잊지 못한다. 내 어머니께서 시시때때로 바람결에 들려주시는 귓속말도 그 이야기 속에 나오는 어머니 말씀과 꼭 같을 것이라고 나는 여긴다. 어머니 말씀이나 행동은 언제나 부모은중경 정신의 실천에 맞닿아 있다. 먼 길 떠난 자식이 이제나저제나 돌아올까 하염없이 '원행억념은遠行憶念恩', 나쁜 일에 절대 가담해선 안 된다며 항상 준엄히 타이르시는 '위조악업은爲造惡業恩', 그리고 언제까지나 자식의 모든 것을 걱정하고 염려하시는 '구경연민은究竟憐愍恩'까지 어머니의 정성과 사랑은 이승과 저승을 초월하여 항상 곁에서 따뜻한 손길로 쓰다듬어 주신다고 나는 믿는다.

사진도 한 장 없고
어찌 생기셨는지 얼굴조차 모르지만
그 어머니께서
늘 내 속에 와 계시고
또 자식 옆을 잠시도 떠나지 않으시며
살아 계실 때처럼 이것저것
보살펴 주신다는 것을
나는 안다

–「고작 열 달」 부분

나는 일본 시인 이시카와 다쿠보쿠石川啄木(1886~1912)의 시 작품 중에 「나를 사랑하는 노래」의 한 대목을 좋아한다.

"장난하듯이 엄마를 업어 보니 / 너무 가벼워 참을 수 없는 눈물 / 세 걸음 걷지 못해". 이시카와는 어린 시절 무작정 가출해서 대도시로 떠났다. 오래 못 본 어머니가 너무 그리워서 결국 고향으로 돌아가 어머니를 보자 냉큼 등에 업고 반가움을 표시했다. 하지만 그 어머니의 체중은 종잇장처럼 가벼웠다. 그 가벼움이 너무 서러워서 시인은 눈물을 흘린다. 나도 소원이 있다면 저 이시카와처럼 내 어머니를 등에 한번 업어 보는 것이다.

아, 어머니는 내 삶과 문학의 영원한 갈망이요, 지향이다. 내가 지금 나의 삶에서 추구하는 모든 방향과 노력이란 모두 어머니란 가치를 내 속에 넘실거리도록 만들기 위해서, 아니 내가 어머니에게 먼저 가 닿기 위해서 애쓰는 것이다. 나는 지금까지 어머니를 주제로 한 시 작품을 더러 썼지만 아직도 흡족한 작품을 제대로 써내지 못했다. 오늘 아침에도 자리에서 일어나 눈을 감고 어머니에게 '어머니, 오늘 하루도 저를 잘 보살펴 주시어요.'라고 마치 어린아이가 응석을 부리듯 나는 은근히 부탁한다.

어머니

초판 1쇄 발행 2025년 5월 2일

지은이 이동순
펴낸이 조기조

펴낸곳 도서출판 b
등 록 2003년 2월 24일 (제2023-000100호)
주 소 08502 서울시 금천구 가산디지털2로 169-23 1501-2호
전 화 02-6293-7070(대) 팩시밀리 02-6293-8080
누리집 b-book.co.kr 전자우편 bbooks@naver.com

ISBN 979-11-92986-39-5 03810
값_12,000원